1996
2022

拆词

多多 著

江苏凤凰文艺出版社

图书在版编目（CIP）数据

拆词 / 多多著. —南京：江苏凤凰文艺出版社，2022.10
 ISBN 978-7-5594-6801-7

Ⅰ.①拆… Ⅱ.①多… Ⅲ.①诗集-中国-当代 Ⅳ.①I227

中国版本图书馆CIP数据核字(2022)第071804号

拆词

多多 著

出 版 人　张在健
责任编辑　李　黎
特约编辑　郭　幸
责任印制　刘　巍
出版发行　江苏凤凰文艺出版社
　　　　　南京市中央路165号，邮编：210009
网　　址　http://www.jswenyi.com
印　　刷　苏州市越洋印刷有限公司
开　　本　880毫米×1230毫米　1/32
印　　张　4.625
字　　数　105千字
版　　次　2022年10月第1版
印　　次　2022年10月第1次印刷
书　　号　ISBN 978-7-5594-6801-7
定　　价　49.80元

江苏凤凰文艺版图书凡印刷、装订错误，可向出版社调换，联系电话 025-83280257

多多,原名栗世征,1951年生于北京,当代汉语诗歌的代表性人物之一。1969年到白洋淀插队,后来调到《农民日报》工作。1972年开始写诗,1982年开始发表作品,曾获北京大学文化节诗歌奖(1986),首届安高诗歌奖(2000),第三届华语文学传媒大奖2004年度诗人奖,纽斯塔特国际文学奖(2010)等。1989年出国,旅居英国、荷兰等地。2004年回国后被聘为海南大学人文传播学院教授,2010年被邀请到中国人民大学做驻校诗人。出版诗集《阿姆斯特丹的河流》《行礼:诗38首》《多多诗选》《多多四十年诗选》等多种。现居北京。

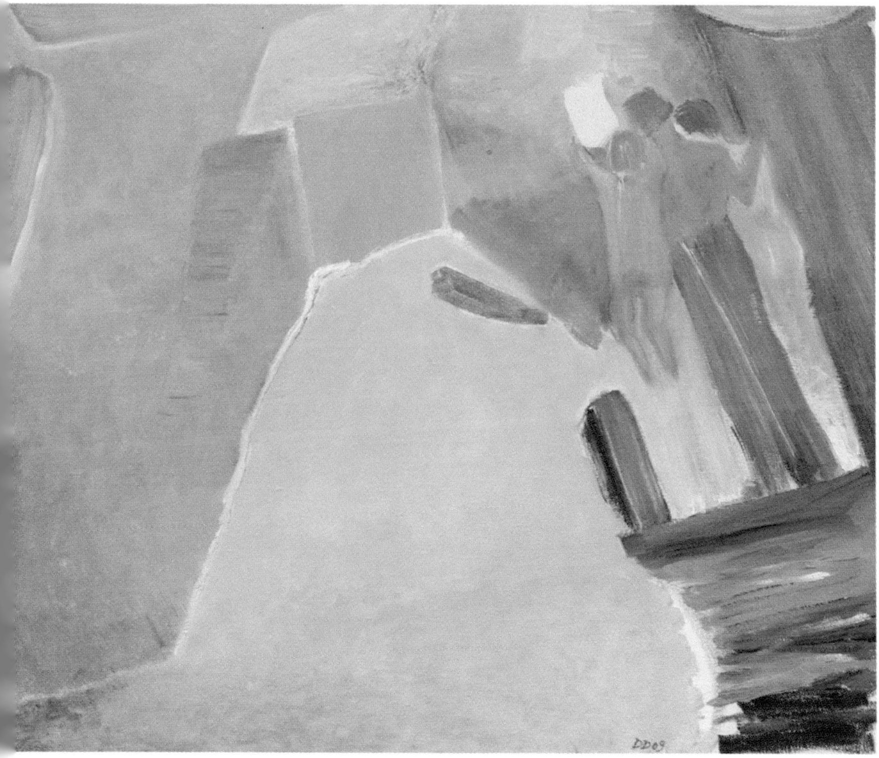
DD09

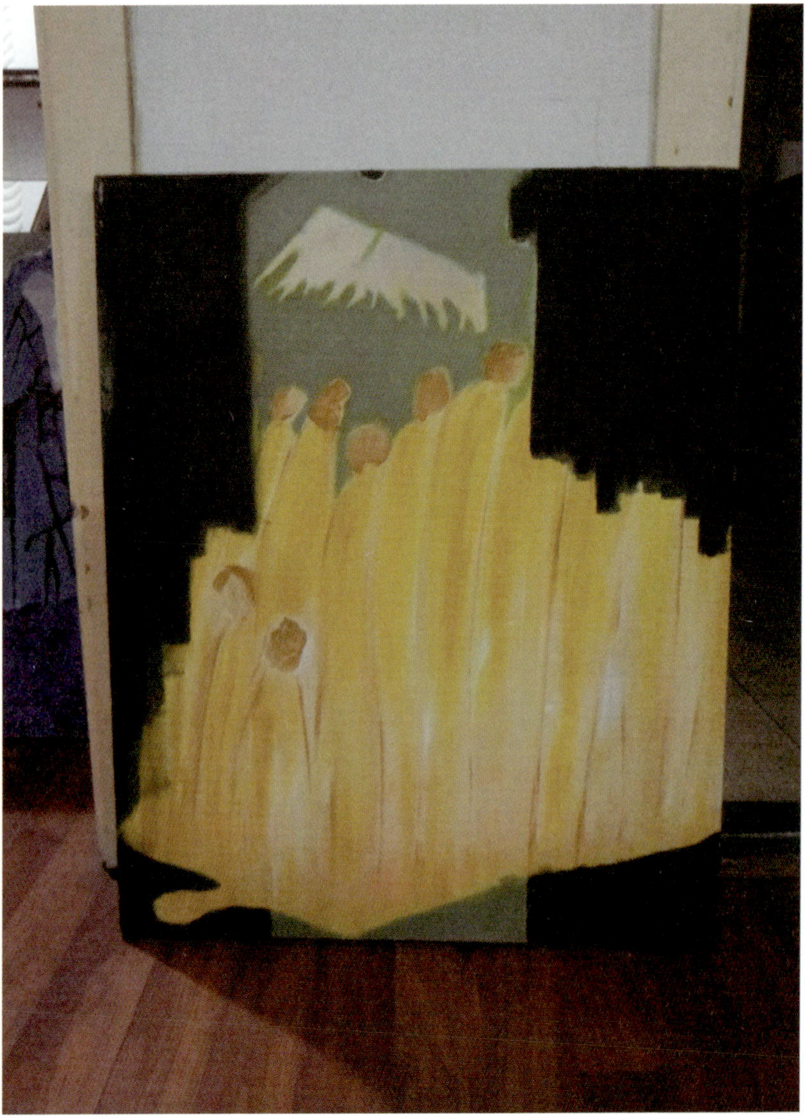

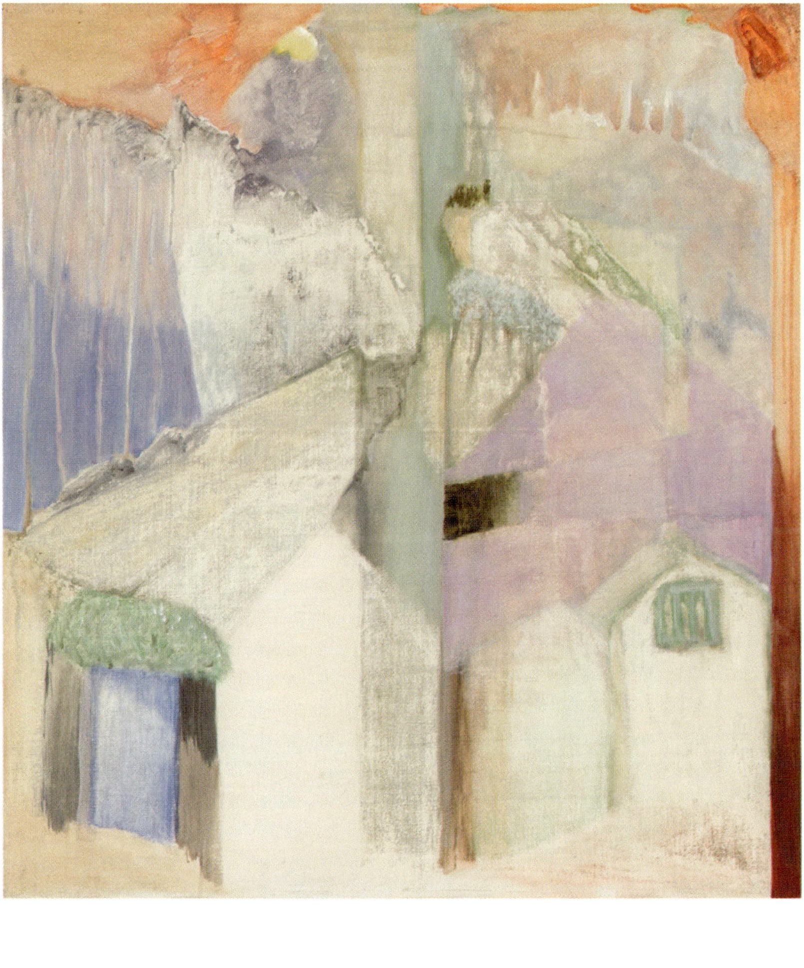

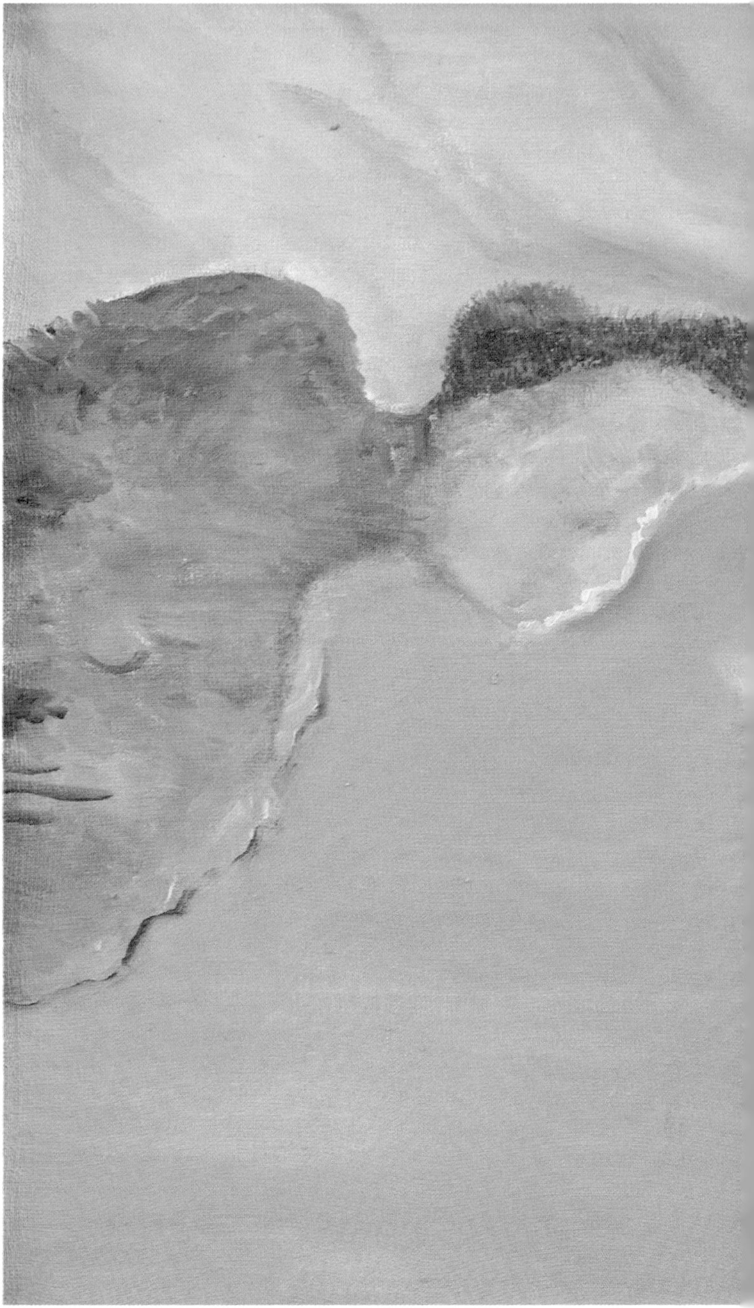

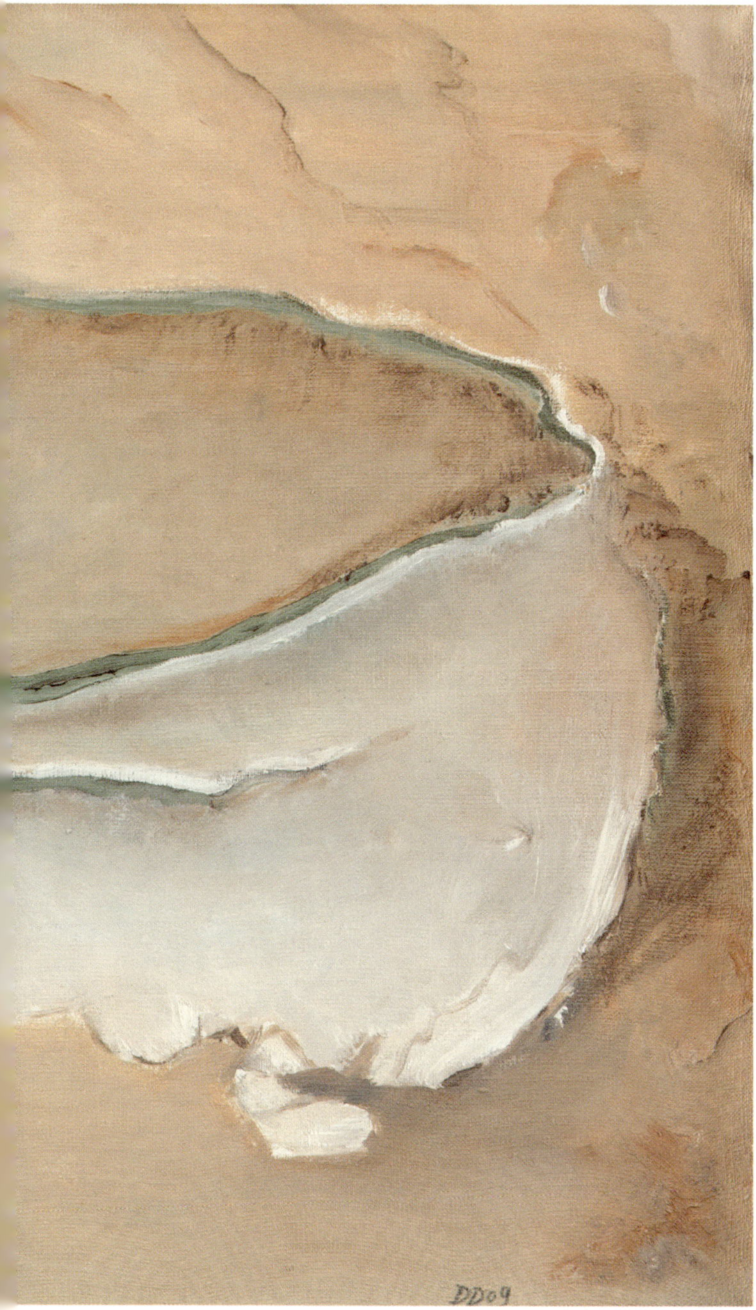
DD09

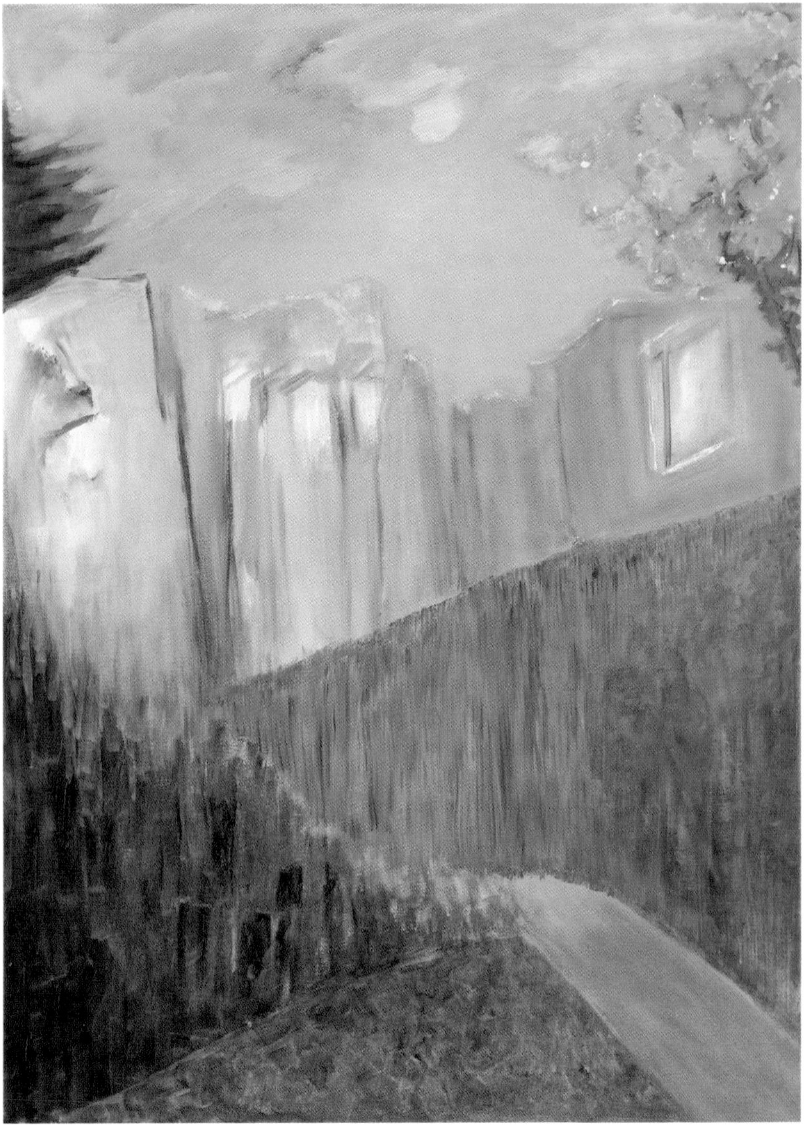

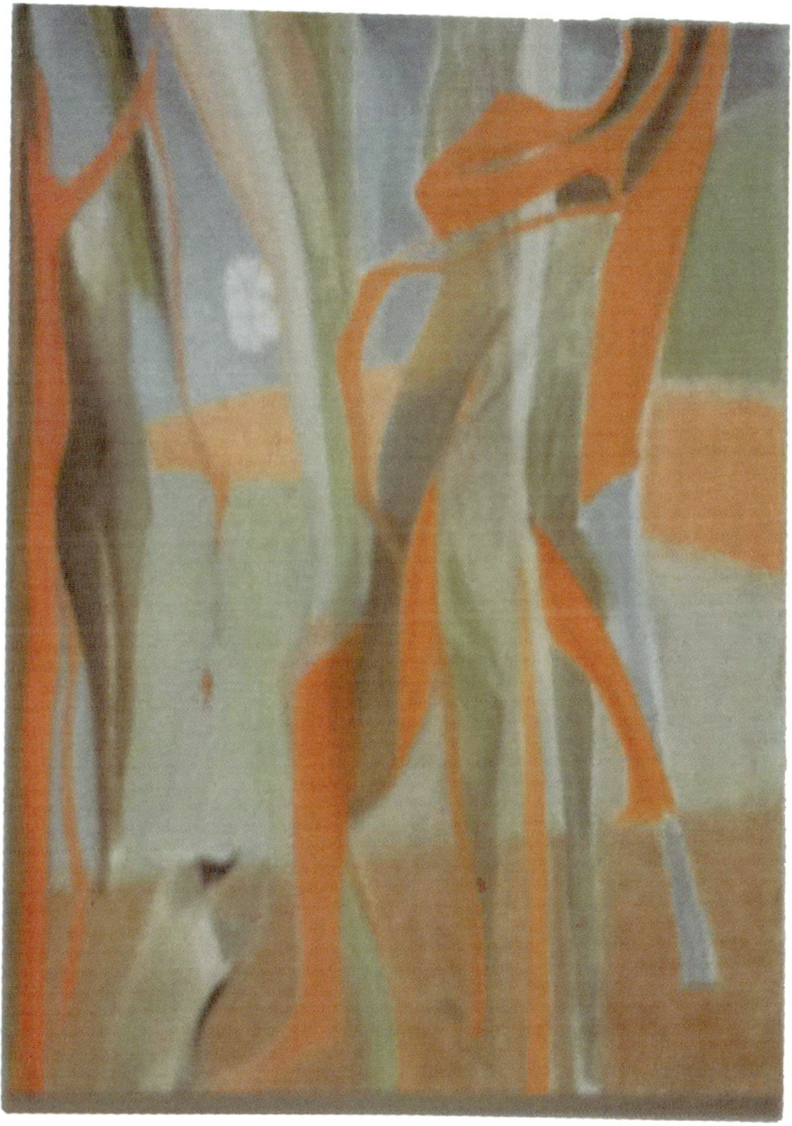

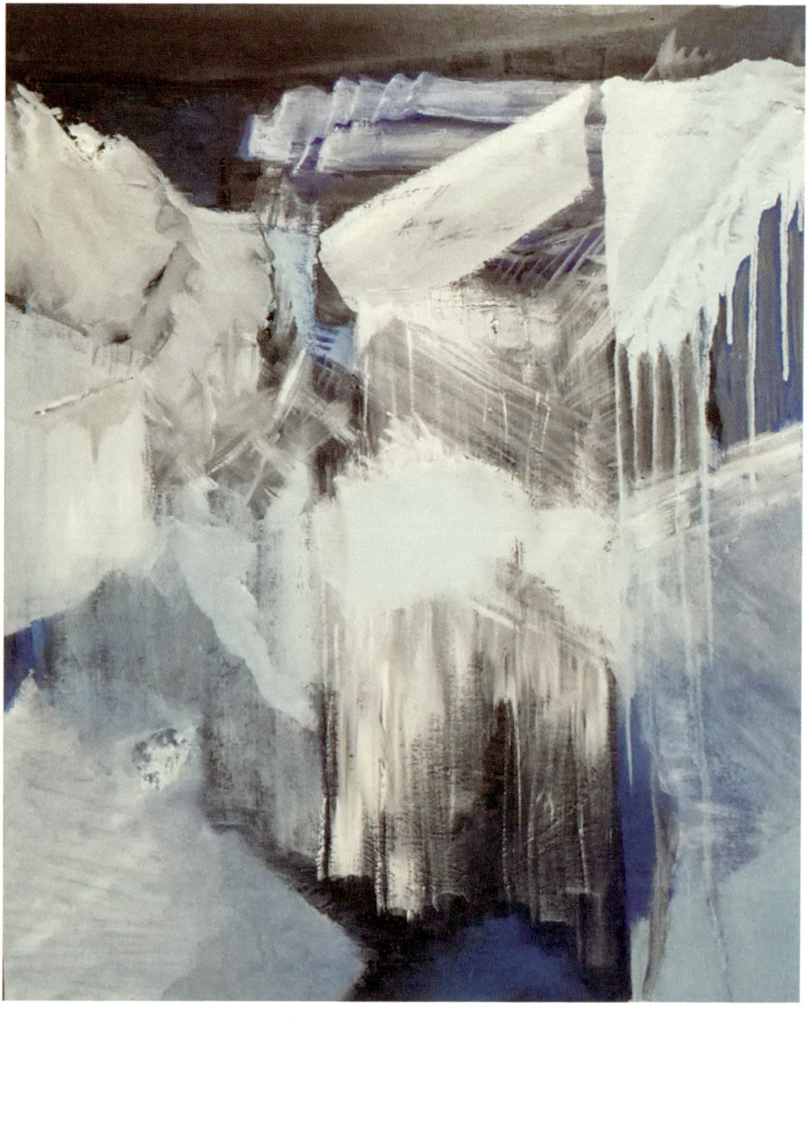

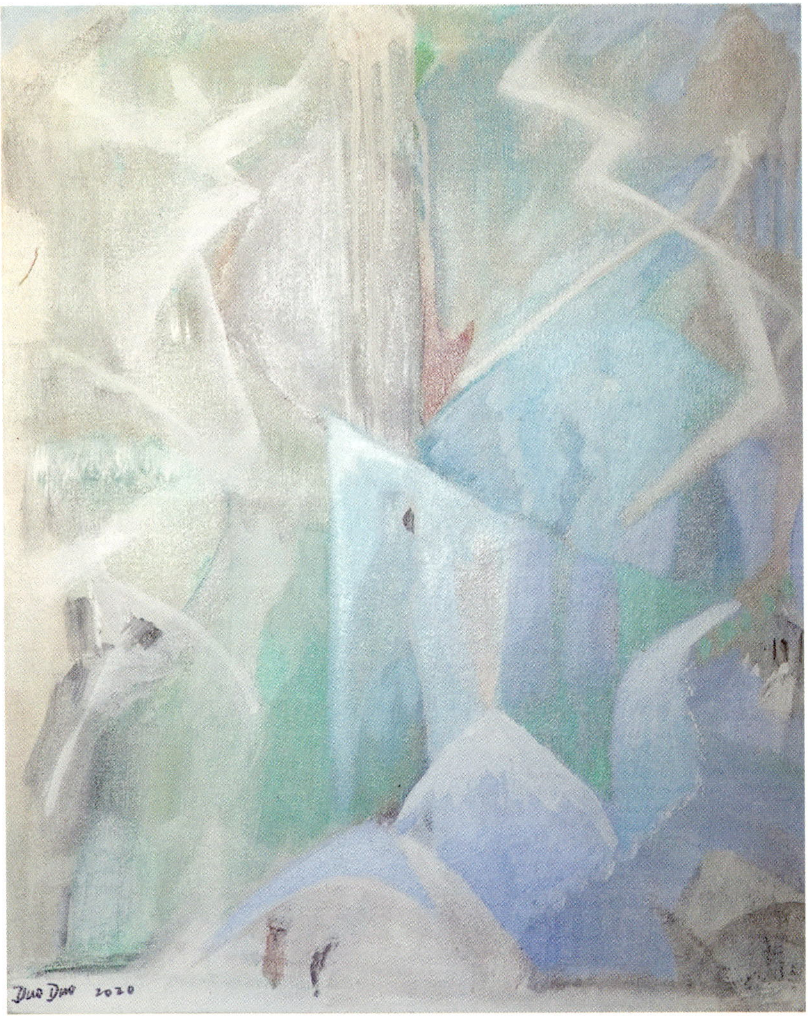

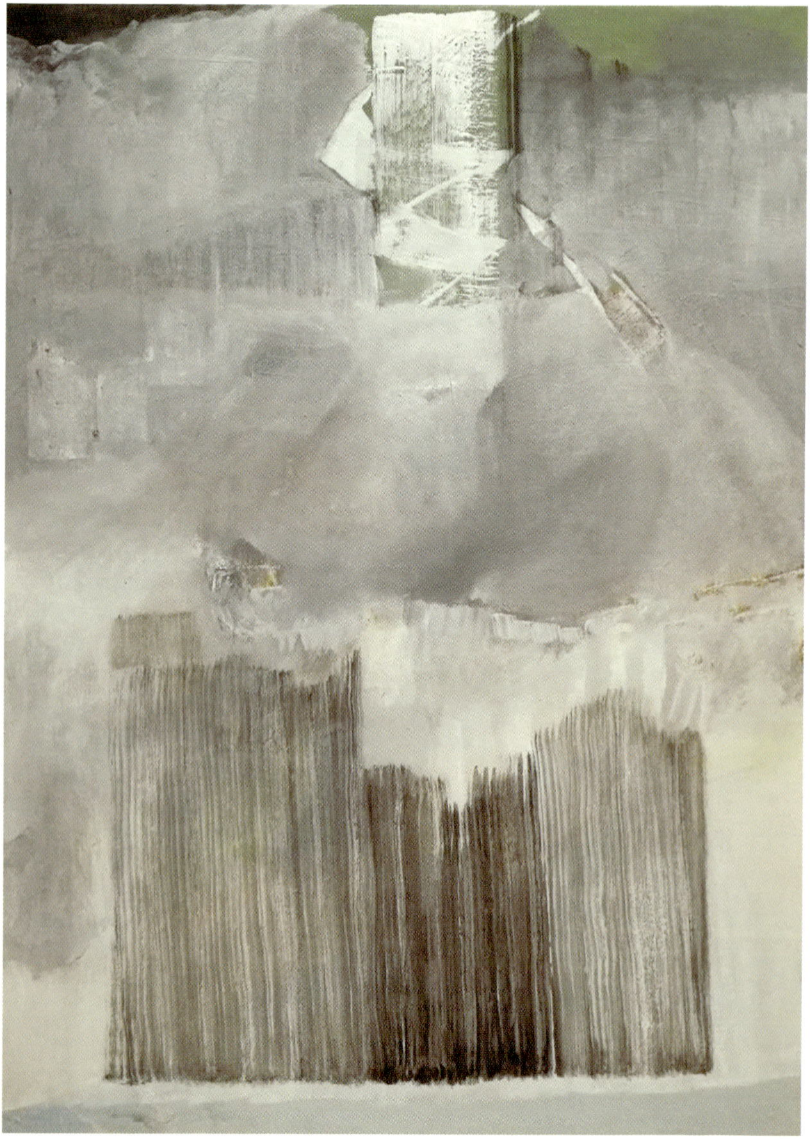

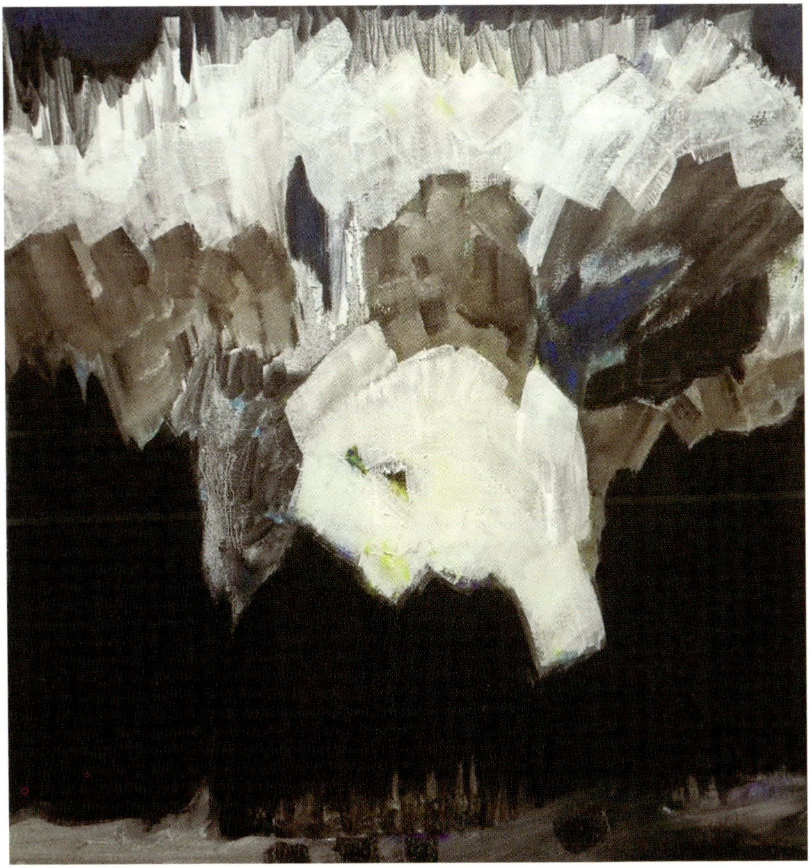

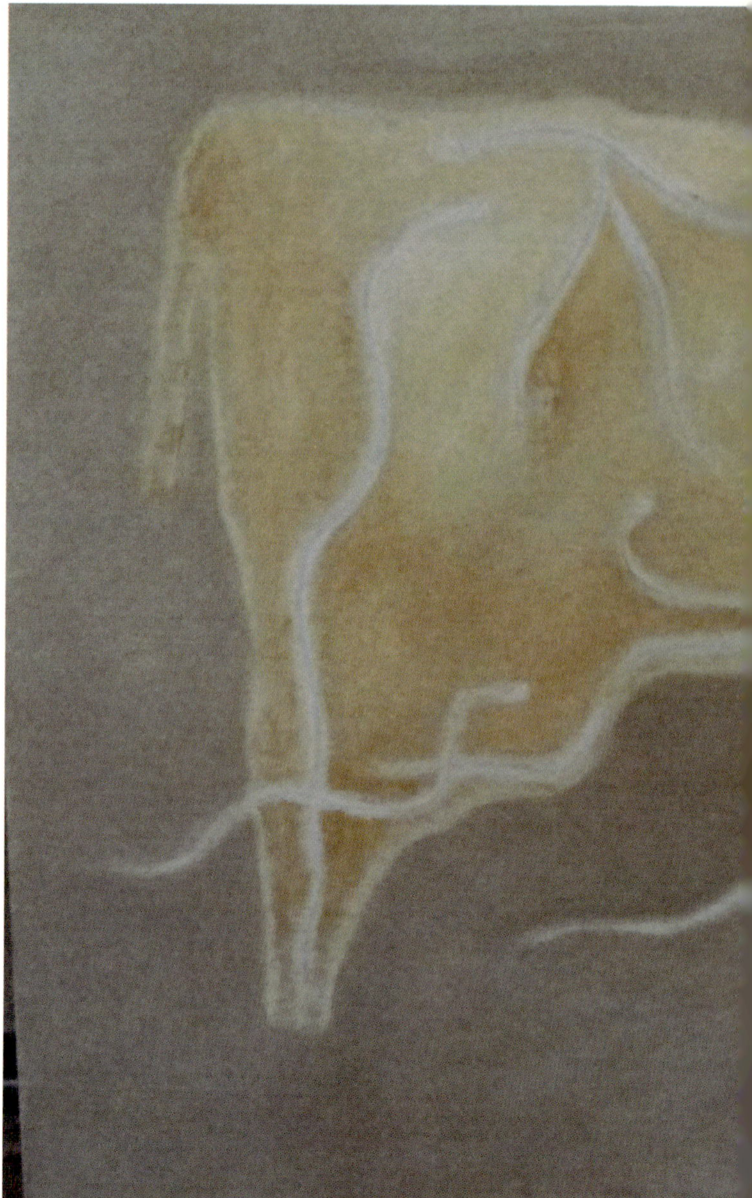

D.D 2008

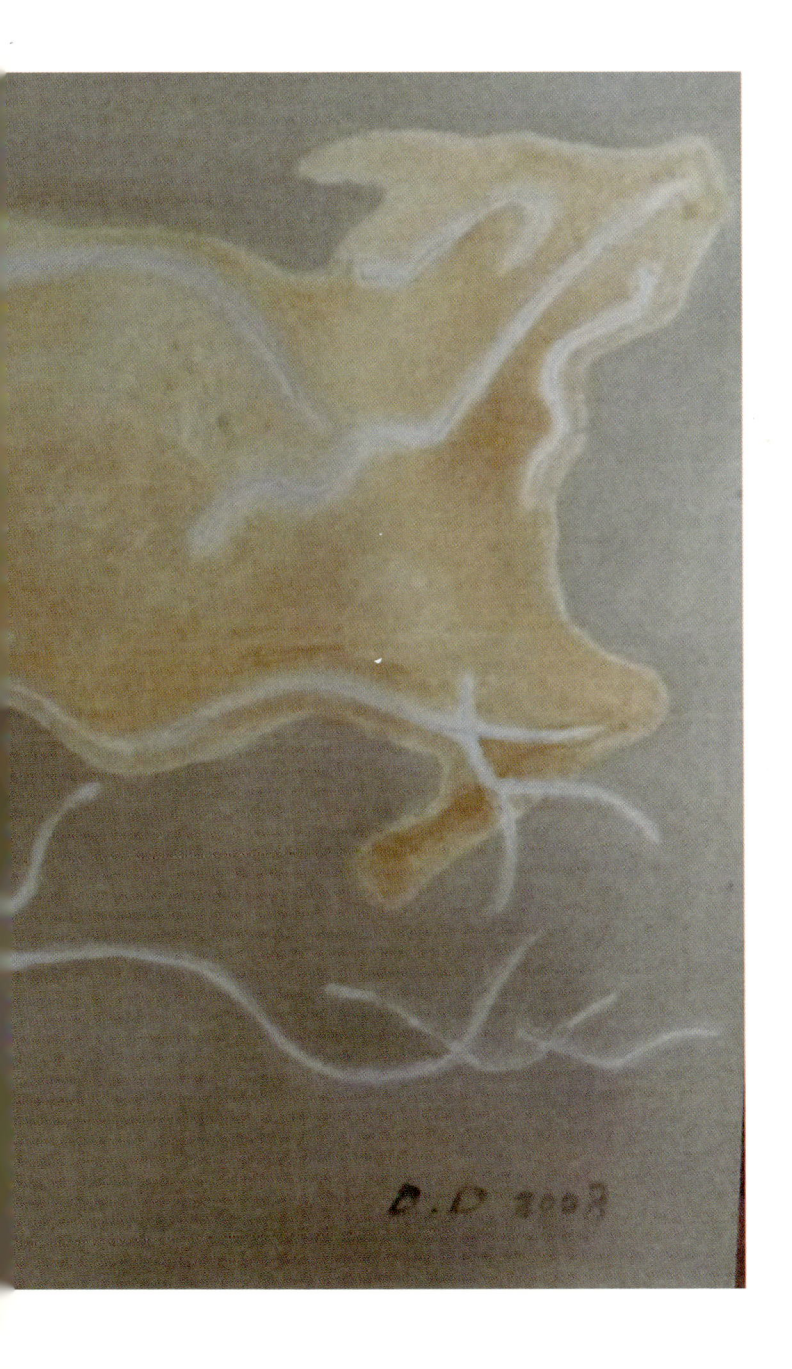

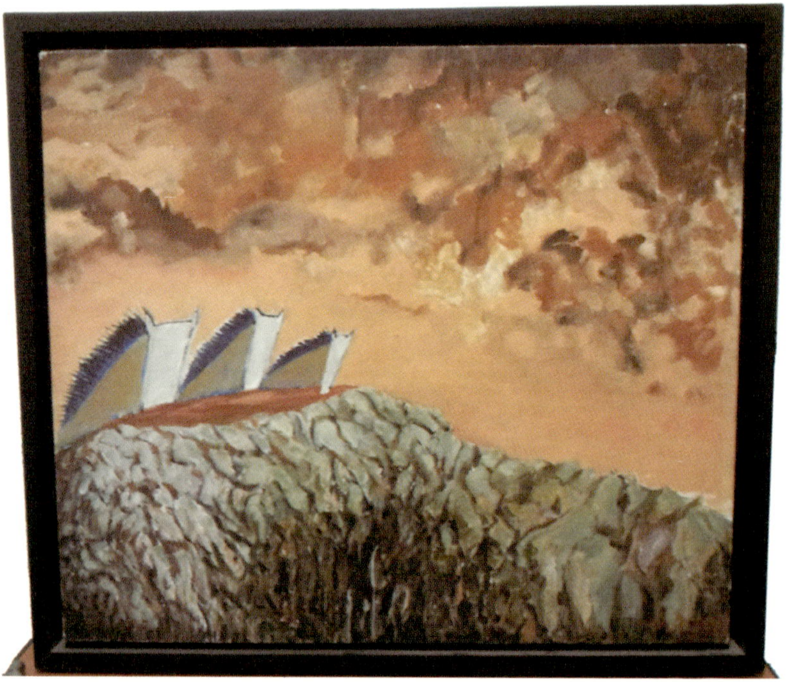

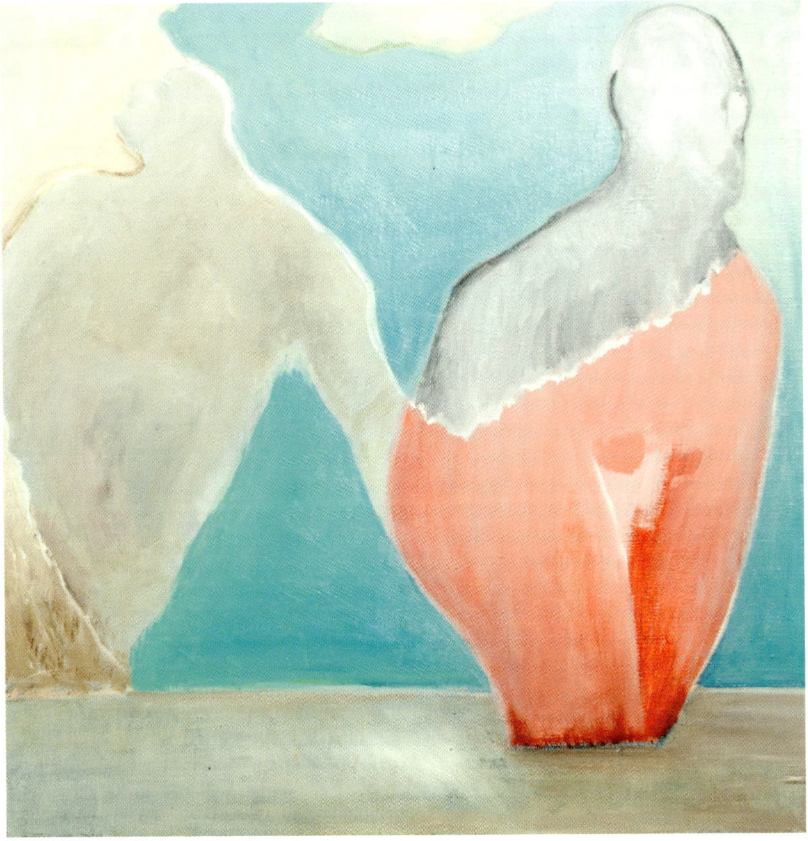

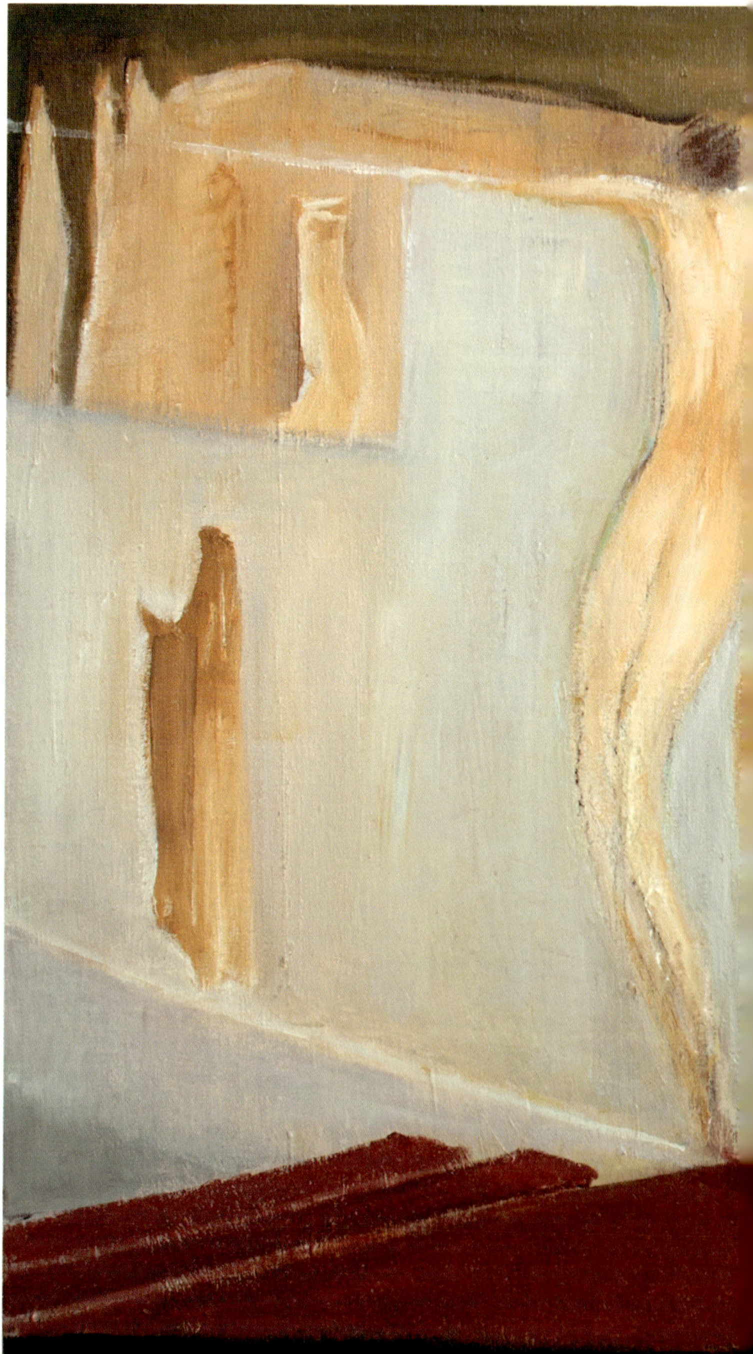

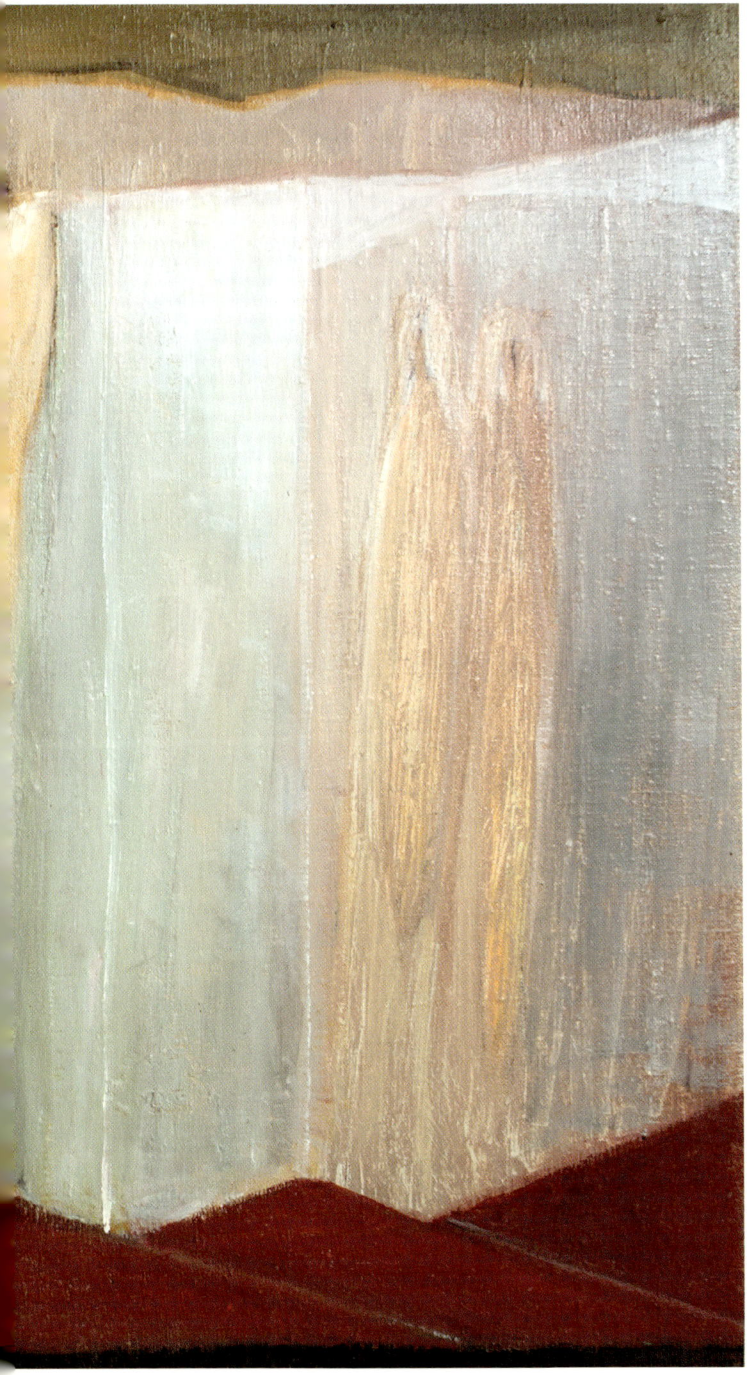

词语从哪里来

这么多名字已在碑上
而无力把恩泽修复为遗容

一朵被解构的玫瑰
流放了人对神的注释

末期的萌芽——碎屯
已是死对空缺的间离

在神的不言至言语
生之承诺

让永别的世界永在

(2022)

纸上无字

词藏于数，在演算词
数安于无数

在无语的尽头
拟人而无人

在无心地带
命名即无名

完美统治无物
心也写出来的

——无悔时光

(2022)

额上的土地

头，这顶，打不开
盛装的废墟

欢乐坐埃已知自身的权力
——活这流逝

这有限的无
仍是最低限度的生

这伦回的伦理
道出已是折磨；

败坏，乃败坏之母

(2021)

目 录

九月　001
朝一团扇形的火致敬　002
给朱丽娅的歌　003
从飞翔的五谷地带　004
巴黎的庙　005
去撒玛洛　006
在几盏灯提供的呼吸里　008
词间人世，一桨一浪　009
甜蜜清晨　010
深沉散文隔代的音响　011
从门缝掬接月光　012
信号员举旗　013
屋内　014
黑已至深　015
捧读月光下的战栗　016
在语言的冰层下　017
你的心充满我的心　018
从光芒的冲出处　019
姑娘说：美丽的雾　020
无声的道路　022
在玻璃矗立的寓言里　024

在生活过的地方——远方　025

墓园仍在接纳　026

迎额头崩出的字　027

从空阔处吹来的风　028

从可能听到寂静的金耳朵　029

在图博格墓地　030

穿过原野和冥想的大山　031

夜半哭声　032

你在多远处　033

群词,词群　034

词如谷粒,睡在福音里　035

耳朵上别着十支铅笔　036

一路接说　038

梦中之醒,不为继梦　039

如果做梦是他人的事　040

天上无星,桥上无灯　041

没有另外的深处　042

我的女儿　043

唱唱不下去的歌　045

听雨不如观雨　046

这是一条没有记忆的河　047

沉默者　048

博尔赫斯的遗产　049

与爱为邻　050

路不为寻找者而设　051

查马河,幽灵牧场　052

某种绿曾至家门　053

在埋鸟的地点　054

无法接壤　055

穿行阅读　056

摘下千禧年的花冠　057

醒来　058

除非不说　059

在独白中　060

我的心　061

我望着你，只望到那里　062

花开得像帆　063

这条街　064

穿越日常　065

冥想，回想，不想　066

从风之所属，我们贴近　067

说快乐，就隐藏了故事　068

我从你的梦往外看　069

读果实内部的篇章　070

心与心之间，大河汹涌　071

打住枯槁笔体　072

在向往的高度上　073

从他者——众我　074

在词语的开花之地　075

从未跟上自己　076

制作一幅画　077

对着无法停下的一切　078

想要说　079

此梦无缝　080

从你带来的这块田野　081

我在歌里做梦　082

没有问题　083

从你来　084

不解沉默　085

从童年到童年　086

入门　087

没有应和就没有独白　088

荒草怀古，哀歌损笔　089

词内无家　090

好风来　091

在多远的地方　092

听你声音中流血的旋律　093

那时　094

不明的用途　101

不知献给谁　102

词语磁场　103

人死留名，虎死留皮　105

向内识字　106

上课　109

读一本书　110

就在我们身边　111

在他们一直所在之地　112

填埋生命谷　113

每个词守着这已死　　114
另一种掩埋　　115
还在那里　　116
写出：深埋　　117
渴望的脸没有回来　　118
在哪片叶子上修行　　119
忘怀的风景被洞穿　　120
青草青青　　121
起念的初起　　122
在同一个梦里划桨　　123
无语词语　　124
穿过烛，跟上星，带着疼　　127
在埋你的坡前停下　　128
拆词　　129
在永不——的深处　　130
向晚的光向你来　　131
额上的土地　　132
说这说尽的　　133
读蔚蓝树干上的云　　134
意义　　135
上升的巨石世界，无光　　136
词语从哪里来　　137
纸上无字　　138

九月

金色麦浪向灰色天宇倾斜
迎我前来的窗已经在吸

某一个下午就这样回来了
镜子,已提前流泪

过往,已如数流进了它
且停留在这样的诉说里:

母亲,你的墓地已如一匹斑马入睡
怎样召唤,马头也不再抬起

1996

朝一团扇形的火致敬

在响亮的说话季节
崩射彼此认出的同一个瞬间
野桑树下的举手者,走出衣袍

笑容间,有一种韵律
问候,便如片片白帆
你我来自同一少年

手拉手,歌飞走
追翅膀上的箭,你
额头放光,而依旧提灯前行

鸽群里,已再无诗人

2003

给朱丽娅的歌

六支蜡烛叨念你的名字
小姑娘的脸已藏于苹果叶间

在一个永不结束的夏天
墙头的酸奶罐散发出淡淡的气息

一双小木鞋留在秋千上
还在荡

为节省告别……

2004

从飞翔的五谷地带

田野铺展着,如放倒的壁画
农妇高大,麦穗低垂
不可与马比美

词语的光芒来自打麦场
朝光阴绿色的喇叭敞开
我们记忆中的土地收获了

田野的气息仍在袭击你
马的忧郁就是人世代的忧郁
你找到了沃土,也就找到了读者

这歌唱式的光辉曾经降下
云朵后面广大的父母群
已集中了苦难——那整块的光芒

从磁极——麦田的那一极
一些遥远的脸已在重合,全是亲人
在有石榴投影的光辉场院,歌颂吧

2004

巴黎的庙

院内只有鞋,不见人
修炼者散发的气息来自久远

一碗面,经东方思想的余晖加持
四瓣桔子,留在口中回味

造访者出门,鞋内已长出百合
有过的谈话,已被塞纳河水带走

埃菲尔铁塔如一支巨大的音叉
传出久违的声音

当下无求
已无由进入经卷的厚度

2004

去撒玛洛

十九世纪还在那里喝奶
种植者和养殖者都靠近生活
两排植物形的大棒挥舞
向我们开始的时间招手

  去撒玛洛

彩虹中的又一个傍晚
在一些像船又像车那样的东西上
卖冰人把我们推入大海
我们从那里来

  去撒玛洛

在另一种心肠的十一月
女儿从波浪的天花板上摘星星
浮标般的小妈妈推动乌云般行进
蔬菜汤中的岛屿浮现了

  去撒玛洛

在挂着爸爸——那巨大的防鲨网上
往事阴暗的天空表演着走过去
美丽爱人的塑料爪子
还在抓我未来的狮面

  去撒玛洛

2005

在几盏灯提供的呼吸里

对坐一日的余晖
一段泥墙,一座教室
把无光城市的轮廓组织到一起
犹如雍和宫底下
埋着的一声多大的叹息:

道路,不在大地
高处,才有河流

胸中,石墙滚动
两盏灯向西斜到一起
溢出这已被充盈的流逝
落叶,便给瘸腿的扫园人
以工作,也给你……

2005

词间人世，一桨一浪

平抑呼吸起伏的水面
万世帆角展现

  纸上碑林，静之方圆

触及无期比例
交付平衡之底细

  危塔垂柳，孤身众星

一瞬，不怨到来
一击，不早不晚

  大船斜雨，黑夜人心

过刀劈之水，无形之门
一劫，全在断语之间……

2005

甜蜜清晨

残废保姆的叫声中埋着光
红色棉花吸母亲体内的糖

在花钟形的耳廓里
听词的扑翅声

从鸟儿识破的方向
钻进锁眼开花

呵,明亮——高压下热情的事故
把语言中开花又开败的现实

还给你——青春云朵后面的实体
呵,会说话的空白

偶尔吐露星辰的声音:
缩进核

冲击出生的第一小节
光内尘土歌唱

婴儿只有一身皮肤

2006

深沉散文隔代的音响

朝斧端传递
在悼词轰鸣的石阶上

听流逝检讨得多么响亮
还有挽歌,但没有对象

沿斧锋流畅的线条
生命,不等诗章

沙,一锹一锹铲进坑
阴影随抵制而增长

光,也就在徘徊的包容之内
照亮所有追悼者窘困的脸

一只只肿大的耳朵对着拉弓的神像
园丁从我们腕上抽取更浓的血浆

2006

从门缝掬接月光

所见不识,所识不见
心灵无事,凝神神散

从这手中所捧
满掌皆是不识的字

复雪的先人已被迎进门槛

2006

信号员举旗

列车,已迷失在方向里
接你的河从桥上掠过
每一粒星星都在换挡
　　人,就是远
你通过了那个声音
你通过了原地
——你尚未进入之地
　　下一站是站台

2006

屋内

大秤闭着,荡着,斗
已长久无形
桌面比田野还要荒凉
马被牵进来,再不出去
屋内,坐满诗人

2007

黑已至深

一扇门对着所有的门,为黑布道
无人能把门打开,是黑聚焦
无人能把门锁住,黑通着底
每一声雷都是门,带着黑之缘由
铁雨穿过铁门,保持黑色出口
通过黑色边防,把千年当反光

暗示,已把自身照亮——

2007

捧读月光下的战栗

默念苍松的倒影
一段从前庙宇的断瓦在手
回应呼唤万木的风声

月光吐出石头的气息
闭合白莲的悟道
琴声已至,琴声已止

念经的河流吐无为之词
听者已是逝者
寂静已是听者

在这虫鸣草静的大地
一张张碑形的脸无声移动
见证树林曾是树影

披发人在旷野的冥视中疾行

2007

在语言的冰层下

说出来吧
说:唱吧,歌唱吧

歌唱就是呼吸
而声音不为意义留驻

歌手把问题全忘了
猛禽又一次听懂了音符

2007

你的心充满我的心

也充满远方的空气
如另一个人
屏住呼吸

就这样靠拢吧
睡着,也就触碰着
什么,还在练习

读出它来吧
什么,还在等待
然后错过

感受吧

只栽玫瑰的坡
暗下来了,沙
已均匀地洒到每张床上……

就这样告诉自己吧

2009

从光芒的冲出处

我如火避入你之口
占有这虚无

当你就是血,而血嗜血
土地有欲望更深的颜色

桨已伸入到河流的腹部
你的声音便渐弱又渐强

在尚有铃铛摇响蜂巢的那一段
所爱没有边际

大地裸露着,痛苦真实有价
爱若无偿,便返回

收取光芒深处的年华……

2010

姑娘说:美丽的雾

太阳就从停车场升起
上方,是它的白昼
世界突然显得过大
某种荒凉,像被人居住过一样
从这里向四处任意延伸

远处,几个庞大的身体移动过来
好像为明天准备燃料
又好像继续穿行某种阅读:
这里是美国,这里有一种空旷
能够夺走任何地方的空旷

当俄克拉荷马广阔的云层下
一群孩子在像花一样笑
或者像车那样哭
那不是睡眠也不是梦的东西
已接管了所有的公路和支线

从姑娘能够放出风帆的大嘴
雾并未遮挡什么
云的司机跑到前头去了

草原深处的力量开始涌上：
这里是远古的黄昏

观察者合上了眼睛

2010

无声的道路

随云而走,如云无家
只为词语寻找居所,从
天空,这爆炸般的明镜
退潮般的石墙,一个头头相接的整体
还在积郁笔墨的绝境

它们冷峻的侧面,再不现字
其上其内,是其所是
以便让它们只是命运
去经历自身的空洞处

当所识的,不见
所见的,不识
辨认中,没有相遇
不记录,谓之见证

思想,不会在林内变得织密
雷声之怒,亦不知来自何处
现在下的是雨,是雨
落在掬接沉默的此刻
依旧坐于桌前

寻找者，遗忘了自己
也就无法把此静赠予他人

也许，就是路的无限感情……

2010

在玻璃矗立的寓言里

聋子山谷回荡
拟人的一切矗立着

听枪膛里的舌头也念着家园
某些光亮开始像零钱

一如疼的间隙,并非不疼
坚守者只望着缺口

哨兵就一动不动

2010

在生活过的地方——远方

遥远的声音,不是音乐,不是人声
美貌的云,与谁说着

你与树互望着
还不是一体的时候

一些遥远的脸已在叠合
余晖正是现在

你不再抱怨关节中的天气
也不再把生命当平静

死,已近已死,长寿的云
仍在前生的匆忙里

追赶一个没有尽头的你……

2011

墓园仍在接纳

过客都已长驻
爱与不爱,对面埋着

静默仍未出场
死者仍在等待

他们腕上的表还走着
爱,没有坟墓

管理员在看一张更大的图

2011

迎额头崩出的字

漫长,不敌一瞬
简洁,不如无声

工整,所以疏漏
断章,所以流传

2011

从空阔处吹来的风

时而振奋，时而麻痹
那块总是模糊的天空

无人把脸扭向谁
从风景说不出的那部分

女孩流出的泪，攥到男孩手里
江河，在诗外翻滚

一个无限的终点
那遥远的此地

仿佛就是白沙门……

2011

从可能听到寂静的金耳朵

青草——枯草
两个词

守着野草窝里
五根母亲的铜脚趾

我所有的词
压在这里,我所有的家

已在此汇合……

2011

在图博格墓地

死者和平地躺在一起
树守护树,我阅读碑文
我在世界的轰鸣中
捕捉他们的沉默

对着傍晚,循着墓碑的编号
一刻,街上也将无人
喧哗声,全会过去
我看表,看到一个更远的地方

我信,地下有更强的锁链

注:图博格,瑞典北部一小镇。

2011

穿过原野和冥想的大山

握老挖掘者的手
你走过,而他们相遇

那些头颅仍在轨道上
向代与代之间的小窟窿们致敬

地平线是一道虚线
带着模糊的经文一闪而过

你,只在失败者面前歌唱

2011

夜半哭声

女人的哭声,起始是一声撕裂
继而旋律般涌来
荷塘的水开始涌向一侧
男人用压低的声音理论
但是捂不住哭声
荷塘将像一只盆那样碎裂
男人的声音越低,哭声就越响亮

我早已停下工作,不是投入倾听
而是不能再忍受寂静
我推开窗,一对青年男女的身影

走向人类的初始……

2012

你在多远处

多远，又多近
此日之内，再无他日

水流水的，你已听不到我
从一面流动的镜子里

此刻已不在此地
路，为此而设

人生不是时刻
祭日是

我仍挨着你，等你……

2012

群词，词群

守着没底的大碗
岁末，终末

听部落唱新歌
碎词，弃词

有最后的嘴
找到沉默的出口

狩猎与耕种的亚细亚
一份血液的总谱

在词内紧闭着

2012

词如谷粒,睡在福音里

被等待的事物不守时
严肃的果实在书架上列队
是秩序不识路
骰子,才熬着日历

自由之内无物
大地没有另外的品质
等金属吃够了李子
屋内只有文具的气息

沿词的轴,核儿的敬畏
梦与知识来自同一图书馆
为装载,不为封存
等待,其实就是阅尽

在词语之外,纷乱之内
枯竭,醒得最早
晨光,只是七次鸡鸣
抽象的手势适宜抓住这时辰

写作,使亘古可以忍受——

2012

耳朵上别着十支铅笔

还怀抱着风,已跟不上落叶了
留在这里干什么
还在偷窥你有过的
离开它干什么

生活,吃永久的
回答它干什么,当词也吃词
源头已在节省
这就是你房间中的日落

但微弱的光也是光
开裂,是核心的事
偶尔留下几个字:不做什么
睡着时,你已是风

什么还在等待,然后错过
是地平线坚持着
生活反对顺利
或是死,另有内容

写出它,然后忘了它

你，不是你的残留
深处有了回答
死后，就是以后

而你还太年轻，还不是云……

2012

一路接说

在雪线以上的年龄
享受这寂寞、充实而无言的风
不为盲目的风景识字
拨能够长出金指的树
你身后,词语自结链条
祝空无收获好麦子
水有限,而流动无限
一滴水,就还在扩大
一路甩手走着,荷塘便涌起来

就这样走向你的下游
晚期,没有请求
只注视女人,她们
不进屋,赤裸地对着青山
你,就仍在她们的生殖里
在头的遮蔽中,难忘的
是马群,它们仍在过水
在更强的律动里
一心,而万物重叠
手中不牵任何线,已能把即刻送远

消逝,便是隐去的另一种舞蹈……

2012

梦中之醒,不为继梦

意愿想睡,睡不准
风掠过草,二者都自在
风不准

哪世的声音传来
——不给你寂静
哪能听到风声

他者就这样整理你的心

2012

如果做梦是他人的事

便总是裸露着,而从未敞开
在梦里的最开阔处
你的读者戴着你的面具
你躲起来

而风格犹如胎迹
词语泄漏一切
你沉默了

你的沉默开始帮助他人

2012

天上无星,桥上无灯

一幅山水,行至自身的边缘
一些似烟似魂的影子,仍在移动

如梦之暗设,古琴躺在箱上
拨它的手,早被斩断

自源头警醒,上一个客人
留在桌上的刀痕,仍清晰可见

破碎时段,要你为
失语世界的轮廓继续弹奏

流逝的顶点,要茶座内的沉默者
就这样解读自己的心

一阵往昔的读书声,把你
从镜中拉出来

谁牵你的手,也就
牵住了一条无人认领的河流……

2012

没有另外的深处

在追悼者的老地方
只留下那些坑

是坑也是碗
深处,不再关闭

最底层的不是土壤
甚至不是埋葬

追悼,便总是朝向前方

2012

我的女儿

我女儿有圆圆的额头
适宜照亮玉米
我的过往在她的额头上闪耀
在麦田急速后退时
玉米遇到坡,便更为密集

于是从教堂门缝我再次看到田野
当麦子的祈祷声此起彼伏
女儿便走得快,走得急
走过我含泪注视的土地
把一个孩子如烟的痕迹抹去

于是我把我的黄昏锁在屋里
任金色麦粒从指缝漏掉
一个永远在笑的婴儿
便要我把对云说过的话再说一次
礼拜天的空旷便朝此刻涌来

过往已流进年龄又溢出岁月
每颗星星都在光的收益中隐去
于是,从喜悦的金色话筒

传来另一个星球的声音:"爸爸,
光芒是记忆,不是再现。"

于是,又一高地从女儿额上隆起

2013

唱唱不下去的歌

歌唱未完结的心
从这翻山越岭而来的缘由

歌唱云朵后面广大的父母
那一去不再复返的已滋养了你

当漂浮的牵动托浮的
时而明亮,时而暗淡

唱出这必历的:
是人也是山水

已无物相隔,无处不相逢……

2013

听雨不如观雨

从这欲言又止的雨滴
留下无为懒散的笔体

这来自高空的书写
它出字,自它出

字在哪里,家就在哪里
根基在云里

容领悟从容到来
云将留在书桌上

没有山峰,只有高峰……

2013

这是一条没有记忆的河

仅让必逝的流动
河若载义,便无法流去

把路交给它
跟上这流动,这安顿

石头开始唱儿歌
母亲已化为山林

从这不归的地点
已能听懂河流的讲述

  归于归来

2013

沉默者

如此阴沉，亦集中了沉思
为抵达眼前的风景

正午或黄昏，蹲于一隅
蹲在他的脚上

行走时，带着楼的影子
为风景说不出的那部分行走

而他要到一个怎样的地点
释放他自语中的说者

每天我都与他相遇
为倾听一个静物偶尔发出的呐喊

如一盏未燃的灯
他是这环境中必要的幻觉

不会被改写

2013

博尔赫斯的遗产

在他不再是他时
他的模仿者肩扛两支大桨
把从白昼盗来的光贩运过去

一块可让理性流动的大理石
仅藏匿深度所需之空间
于是过去成为现在

告诉严肃的尘埃：
大理石内在的神没有迟疑
任黎明持久装饰

任坏死的智力啄食风景
战胜了言辞的石头，开始奔驰
便再次瞥见摇撼时间的高峰

他离去，为保持它。

2014

与爱为邻

你的屋子空着
一把剑悬着
只是在你身上磨着

你想起一个女人
她的脚像鞋拔那样冷
也那样需要温情

对面的窗敞开了
一个男人在揍
一个比浴盆还要结实的屁股

你想起另一个男人
他,曾是你
你举起手

祝外面是平安夜

2014

路不为寻找者而设

直至遇到你之所信
没有到达这回事

你的路宽了
行人的潮水分开了一刻

没有路,全是路……

2014

查马河,幽灵牧场

从这幅画,一条河穿越它昔日的心
当石材与云朵一起翻滚
豁开山谷殷红的咽喉

刀剑,已分出了善恶
羊群,已吞噬了牧人
历史,安宁又可怕

沿与精神等值的那条线
云间隐藏着矛与盾
仍与纵向的河流相遇

大自然未被枯竭所扰
那些矮人又走过来了
与天空无限的耐心合一……

2014

某种绿曾至家门

曾是星,曾是窗
石头前辈还记得林边的默诵
曾在,还在

在生与死一同消逝的门廊
还在被前辈长存的手臂牵动
留下一个可以追问的家

还在绵延原野不倦的书写
我们的草皮屋顶还绿着
我们孤独,如曾祖栽下的白杨

我们的孤独,由血肉筑成

2014

在埋鸟的地点

砍半匹马——记忆的全部
孩子吞下兰室石

在简单的深处
草是客人,追上了返回者

那架琴是一个马头
光,又找到宝石眼

金币将熔化,露出
大哭的巨人

约会,是不能被取消的

2014

无法接壤

向下接住
接下降的土

每一层更低
下降到无地

向上放弃
满天都是石头

高处仍在深处
深,更深

高于出离

2014

穿行阅读

没有可问的,不问可答的
按住字,我们就看不见你

什么还未到来
不再来自光之剩余

什么留给什么
总是在提醒天亮

什么已经走到前头去了
黑,全黑,不会再留任何阴影

能回答的都算不上问题
什么已经透过去了

我们看不见你,就划向你

2014

摘下千禧年的花冠

与风说叶子
只在歌里说:放走时间
它不是来者

从来自词丛的一跃
心长到了外头
与从来到来的说话

那个什么穿透过来
从无声的那边,应它应许的:
抓住必须放走的

来吧,你还有手
来吧,我也来

2014

醒来

记忆,在没有镜子的房间里碎裂
窗幔,仍保持情人的神情
你,已在朋友式的疏离中走远
相爱,已是另一牢狱里的事……

2015

除非不说

玫瑰只知长刺
烛已在话语中变形

  除非不爱

酒精不再燃烧
绸子还在起火

  除非说出

总是在告别
初次不带忧伤

2015

在独白中

所爱没有剩余
它不爱它的看守物
只爱已碎的

为让独白强大——

2015

我的心

是你沉浮的地点
游离的地点

告别不了
分离,已是一种许诺

拥抱在一起
失落在一起

真实一点吧,波涛
没有终点

就只有孤独……

2015

我望着你,只望到那里

隔着我们共同的天空
星光下已没有我们的伫立

没有,恐怕没有
在你说有的深处

一个多大的世界
已淹没了这个世界

2015

花开得像帆

如它们希望的那样
驶过我们的往日

水面上载着我们的倒影
随水流去的已在增长

所以，幸福的时光即回忆的时光
所以，怀念即向前追忆

那么远，已是祝福……

2015

这条街

仅适宜鸽子与闲暇的覆盖
而他们的匆忙就是他们的陶醉

当财富如影相随
他们就变得更加相似

守着自身的旷野
你是一粒沙子,仍不属于沙漠

2015

穿越日常

穿过你生活地图的那几条街
去参与书的疲倦

走惯的路已经不再是路
梦被拖向更加实在的地方

没什么在买卖以外了
意味着某件事已经圆满

日常的脸就是灾难的脸
你的自语是说给街道听的

人群已经涌上
主人的脸就是日常的脸

而你要到哪里跟上你的等待……

2015

冥想，回想，不想

不语增长，空白习艺
补时补光

从这沉默的给予
交出你的深处，藏于痛处

痛处是去处，已是诗篇

2015

从风之所属,我们贴近

你和我,不是两个
我是树,我隐藏你

只作树影吧
你几乎就是它了

于是叶子也躲起来
我是你的孤独

它爱你,一如
你属于我

我在黑暗里,知道你也在

2015

说快乐，就隐藏了故事

怀抱着我们所不要的
我们什么都有了

说，只爱已碎的
我们各自完整了

从一个回不去的家
只悲哀于有过

只信情感忧郁的质料
不会腐化为物质

说，别离开我，也别靠近我

2015

我从你的梦往外看

我是你梦中的一片叶子
就能听到花内传出的枪声

在多重羽毛中打扮自己
你的心藏着另一颗心

于是叶子也藏起来
在无梦的水平上

我搂着花,我是它的次日

2015

读果实内部的篇章

但只品尝记忆,叶子爱叶子
那点爱给了你

叶子的解释者
爱你的歌,但他们不唱

是催动花朵开放的静
让词语悬浮

请尊重果实,静
从未把自身当神

果壳下,歌声震耳欲聋

2015

心与心之间,大河汹涌

我们没有因此而接近
只是变得更加相似

用彼此的缺少
换来相互的多余

怀抱着我们所不要的
心要的是心,不肯给与的心

诚实不是肉做的
你就是你的心

你是,然后你不是
你就是你的嘴

更坏的说更多的
对话,应当只是无言

独白,才是歌唱
没有应和,就没有独白

2016

打住枯槁笔体

写出即缺失
一种养护,不为词语所动
已知即无知

思与不思吐出各自的精华
不为存留,为空出
尖端只要纯粹

重新因无声而无瑕

2016

在向往的高度上

炮弹也有心
不在乎它们就是工业
为了乐器,它们要长出更新的爪子
为拥抱,不为攻击
更不为爆炸

它们的梦是人类的噩梦

2016

从他者——众我

邀请你自己
从我们,我们每一个

默念人,他人
在这样的独白里

有限,才有你
才有我们

才有高大身影的哀悼……

2016

在词语的开花之地

热情的草减少
凭我们,它们减少

少,更少
少于说出

每片叶子都在鼓掌
它们比平日多

2016

从未跟上自己

我已走过我
生活已经经历了我
一个男孩走过
我追上去,喊:

你不是你——

2016

制作一幅画

开端是隐晦的,因不知其丰富
被迫跟随手,因不知心之所要
在手的牵引中,没有目标
也许就是心对物的忠实

石头森林广阔,没有隐藏
也没有什么在深层被扣留
一如醒来后又再次入睡
一幅画已在这里

创造,是无中生有的行动

2017

对着无法停下的一切

你观看,但闭着眼
你张开眼,世界就消逝

在足够处,无知来自已知
在用尽处,过去遗忘现在

遗忘是致敬
你开始听清自己的声音

你的眼重又返回石像

2017

想要说

想要说：说出
说出来吧

说出它来吧
说最短的

说词
说出这个词

——草
草是无言的中心

呵，又一季

2017

此梦无缝

此地无景,此刻
尚未被纳入
时间曾怎样繁茂
钱,曾是怎样广袤的草原

2017

从你带来的这块田野

理由没有限制一物
某些话语，在金子碎裂后听到
没有第二次

爆发处，就是终止处
顶点，就是离去
没有下一次

无法停留，已是离开
一直在离，已是出发
从每一次

无求是死亡之剩余
创造出自身的边缘
只有一次

   或只有一生

2017

我在歌里做梦

与裸体男人和插翅的马一起
照料你的花

我在梦里睡着
守着你的半颗心

你已经在喊：我是你的悬崖

你喊，戒指就从指尖
汲取更多的血

你喊，过去的麦子
就从我们身上醒来

喊声创造了我的记忆
在一个比爱还古老的世界里

记忆不是梦，是梦的行动

2017

没有问题

星光下的世界没有问题
这个下午没有流逝
你的面前是纸
语言不喜欢被说出来
真相不靠揭露存在
这些都是和平的财富

而多大的征兆,已被写到一起去了

2017

从你来

一个声音
不为倾听而来
已在所有的分贝上开花

从它的核儿走出
回答什么是什么
已经敞开一个多出来的方向

从你之所来
一个坟墓离开了
带着沙粒中极小的命令

一个你,在那边望着……

2017

不解沉默

因词之晦涩
不够用于沉默
已经符合沉默
所减去的

无言，但还不是沉默

一个位置空出来
空着那所有
寂静由此悸动
沉默才会重启

这向上的接说

2017

从童年到童年

我在梦里睡眠
与想哭的雷相遇

我在乌云中写作
只演奏孩子的心

从一面更年轻的镜子里
我反对自己

一个越来越老的童年
不知开始,只识单纯

我的心,不要成熟
也不要灯塔

要造出灯塔的光——

2017

入门

冥王星的脸亮了
那门也亮了,那亮门
紧闭着,紧闭着
门后之门

死,即无门
敞开处,无人
这不是门,是你的履历
门上的木瘤,开始像奶头

2017

没有应和就没有独白

无言,但恰好不是沉默,
除非说爱,除非不说
——这句话里有剩余的火药
成为简化的起点

诗歌是一片为此演奏的天空

2017

荒草怀古,哀歌损笔

既蔑视权力
也就无墓无碑

死者的天地又扩大了
——埋葬不了,才算终结

时间还是留下信义
像不义一样长久——

2017

词内无家

无名,无坟,无家
无名歌唱无名

再多一点无声吧
无声,高声

天空敞开了一会儿

深寂深处的波涛
已经涌上

上升到你自己

2017

好风来

来,已跟着去
为无知而来而去

一如水之流动
所带走的,所补齐的

一如风之演奏
所抒发的,抒展的

逝者投入风铃的声响
好风好消逝

好风来

2017

在多远的地方

多久守着多远
守着人之旷野
且独属于人

在多远的地方瞎着
这无神的几秒
这无效的无言
找到它的祈祷物

只在你眼中歌唱
这应许之地

2017

听你声音中流血的旋律

舞蹈的牛奶屋
到达平安处

那里已不再有孵化
也没有进一步的死亡

那里已不再是地带
你们在一起了

那里再次说出这里

2017

那时

为什么骆驼需要双峰才能穿越沙漠?

我望着你,你只望着自己
我望着那里,我只望到你

我在看我看不到的事物
我看到了时间——那朵漫长的玫瑰

那时狮子还会思考,美人眼中还没有怒火
那时我们还能走进不可理解的事物

是心灵创造不可见的,在谜
和它强大的四壁之间,容生活的寓言穿过指环

如我的目光能够穿透你的眼睛
就会看到更远的地方

她们的身体曾是原野,还在释放梦所接纳过的
她们洗浴的气息已放慢了河流的流动

那时你出现,你驻足,以停止我的徘徊

爱应当没有名字，已让只栽玫瑰的坡暗了下来

那里只剩两棵树，一棵是另一棵的影子

树没有心，因无人搂抱而笔直向上
因绝育女人的依靠而更为挺拔

女雕像搁在公园一角，谁经过
都往她的嘴里撒一把硬币
那时我听见某种声响，比蛇的叹息还要轻

美就跪在那里，如初犯的罪
像创造一样稳定

蛇如此倾听我的讲述
插翅的藤与钟缠在一起，不够爱之所用

沉默中有一盏未燃的灯，要点燃它
以照亮从未抵达我们的每一日

不知感情要什么，鸟儿的头藏在暗示里
用笼子里的智慧喂它

你躲在你的笑容后面，太阳在你眼中说谎

我偷你在搅拌色拉时的话语

在多大程度上，猜就是偷？

你的心就藏在我要找的事物后面
后面就是它所有的地点

宠物竖起耳朵，肉丸子在云中，云朵充满激情

独自在黑暗里，你也是，太阳暗自发光
我们就是要睁着眼沉默

你的眼睛是两扇张开在海底的窗户
我们头顶的星星还是一些电视

蚝壳滚滚卸到我们一起翻身的床上
我进入夜的另一面

第五个季节已在用假声歌唱

一个苹果在窗台上微笑，玫瑰只知长刺
所有的词都亮了

明天已在钟表内，你的第六根脚趾开始生长

两只大鸟，没有羽毛，全身都是肌肉
黑暗中，我们彼此识别

金银花像一记勾拳停在半空
已无力约束这结束

玫瑰的欲望已经与剑的欲望一致

一双鞋保持着你脚趾的形状
舞蹈着走过去,意味着有多少次出发
就有多少次折回

我挨着你,等你,我的花
在别人衣领开放,我是你的尘土

我是你的过往掠过的一幅风景画
我是你的情人

我不是我,而基督快要从心里跳出来了
我是你的沉沦

数我的玻璃眼泪吧,你已抓住未来的故事

你的背影比你复杂,我还在观察
我们之间的那块田野

孤独是灯塔,与爱平行
嘲讽从自嘲中涌出,为解嘲

玫瑰是灰色的，它的影子是玫瑰色的

我的脸是我面具的一半

没人是他自己，我看到羽毛状与风搏斗的人影

见证者帮我们遗忘

我坚守活着的状态，我的孤独不容打扰

我是一个一年滚破七层床单的作家
我依赖紧张甚于依赖你的床

我在歌内回忆，并摇动背上的箭镞

谁同情痛苦就去数羊毛

把我的鼓也带走吧，深埋它比敲响它更值得

我身后，这些词利用我的声音
棺木就这么强大

孤独是年轻人的事
一个眼皮覆满死蛾的女人已对准我的星座

垂钓者瞪着鱼一样的眼睛，他们在观察自己的心

树木望得更远,不再有障碍,它们交出了障碍
抽打树木的孩子个个都是天使,一个比一个矮

练习这不完美,大地没有另外的视力
世界有个痛苦的母亲

父亲被母亲挡着,大提琴就有梨形的臀部

我怕雷声,妈妈也怕,我爱我怕的

一只大鸟望着我,用母性的神情
我蒙着脸,快乐地长牙

我穿着金鱼穿过的衣裳,就能从口袋不断掏出糖果

树木穿着小男孩的短裤揩擦天空
寄往母亲坟墓的信到达

我梦着,梦到我不再是一匹马

无为太昂贵,晚年的雷声把它送到
闪电喜爱从未占有

灵魂没有准备,珍贵的事物藏匿着
比母亲的坟墓还要忠实

墓石亲吻墓石，其间有打开肉体的再次努力

一匹马奔来，我们相识，于是马奔走
又一匹奔来，于是我奔走……

2017

不明的用途

躲在你的观察后面
从一个能听到的坡
天空后面的玻璃碎了
水面上多了一个盖子
上面有竖起来的麦子

地平线睁开两只大眼
每一株玉米都在眺望
水开始离开地面
让看到的叶子不再是叶子
熟悉的事物就这么隐藏

界限并未确定什么
从一个看不见的高度
高处是近处所减去的部分
一个合理的天空，让田野变得光洁
只有一个命令：

不许看自己

2018

不知献给谁

我年轻的大理石
你的身影蜡烛般宁静

你的床在天上流血
因无法接受这给予

邀请我们每一个
邀请你自己

    回到策兰

2018

词语磁场

词语磁场由内在的心丈量,为无边说无
眼看到了心——本身是无
在无语的尽头,有存在于无
一个谜,从不说话,只说你想说的
一个总体故事的说者哑了
你的孤独,就是你能听见
写出这空白,已是合写

歌唱疼——那有形的灵,它不识美,它合并真
保留残缺,藏在说出中,等无声跟上
保留未完成,为它持灯
沉默乃词语之家,不会让位于音乐与田野
诗歌无时,告诉严肃的尘埃——时与无时
在不变的玄机中,让预感留着
一如梦折射了梦——那极品时光
虚无是堡垒,但沉默能管住风暴
让天空在纸上镇定下来

纸上有更高的存在

没有词语,只有供词

而供词处处皆是

别在碑林里享用沉寂
向不存在敞开,潜入它,它突破了你

等级说不出这统治——这对位的强权
这是光的邀请,这是暴乱的统一

从星辰,这最高的墓地,我们联接着
在一个待孕的星球,尘土不会归于尘土

从物——额的反光,数字写出文字
而顶峰不会说:向前

词拥抱着,要我们彼此属于
升向更高的冲突,言说更高的陷阱

2018

人死留名,虎死留皮

只有尸首,还算不上死
只会疼,还不是心
只有仅有——索取这所有
所有世代的眼睛一直睁着

有死,但无终极

2019

向内识字

识已识的字,读出;读不懂,想要说:说出

一道伤痕说出其他的——没有伤痕,哪有我们

从恶之不幸,至福在说出后才能给予

孤独只在群内寻找贫瘠,自我已是内在的无家

梦即遗忘在提醒,你的一生只是同一个傍晚

无权疯,已疯,你唱出:无处

精子只有头,低下头就没有头

必言之言存于无言,在不启示,实为无言之继续

平庸即诗歌之罪,没有更新的尘埃,供锈增值

生存严峻的种子就种在这里——共在,而没有共同的词

路,就是谜,仅指点陌生

拆词

坑是跪出来的,惟词能逃进这逃出

海不是海,是词,亦是词冲出其所是

你的钥匙丢了,你的肩膀才肯长出双桨

巧智暴露虚构的原点——你写,而你不配有目的

晦涩是必需的,供核儿发力,由碎片命名

诗人靠失败运转,不断地因为——从未成为

一把米如此依赖梦,因找不到可匹配的苦难

写作,因心里有个坟

每一层更低,已在最底层,深渊尚未敞开

只孤立到这一点——刺扎不进自己,变为另一极

神奇比宽容公正,以对应词之贫乏与星辰的骄傲

奥秘不思,被思,教你越笨越依赖于品质

受词之威逼,即不受梦之约定

承受人，也承受无人，你开始听清自己的声音

请贴近边缘，边缘靠近家园，为前进到无边缘

所爱没有边际，在没有道路的地方宽广起来——

2019

上课

意味着等待是最古老的事
课桌,已替他们向下弯曲

  "能隐藏,就能朗读"
这些头低得更低
以便向无辜靠得更近

  "读过河的摇篮"
朗读送走更多的
缄默,什么都同意了

  "不必读出声来"
这些头埋进书里
与缄默隔得更远

  "让词过自己的礼拜天"

2004

读一本书

就在我们身边
在他们一直所在之地
填埋生命谷
深处没有回答
存于词里
每个字守着这已死

另一种掩埋
还在那里
写出：深埋

2011

就在我们身边

死者,仍用生者的语言
和每一天说话,说:
让死者停止

说的是生
这流动的永逝
掌上的米和泪,从未
让死者停止哀悼

说出这从未,这
被速念的生
从未抵达死者做成的家乡
让死者停止哀悼我们

在他们就在我们身边开花的时节

2011

在他们一直所在之地

在埋着承担者的最底层
承受者,承受着无人
无人承受,在理应承受的地点
无人能把词所承担的
纹理,赠与他人

枕着他们,你就能重写

2011

填埋生命谷

填进被隐瞒的岁月
向外挣扎的字
隐没了

死者,承担着
死后,死后
就是以后,思考它

思考中,婴儿已老
填埋中,祖先必须站起

从我们存在的命令

2011

每个词守着这已死

这些人,这些躯体
被一一码齐

掘出来的是时光

只积累人性,让
这些脚——石靴的记忆
替多数遗忘多数

一种未完成的死
从未执着于词

2011

另一种掩埋

储存埋他们的沙
表面是人生

狱中燃烧的灵魂
有了安慰
　　　　在家接纳家

2011

还在那里

在它以内,你翻转词
翻出来的是土壤

里面,有他们回来的故事:
没有地,有土

土是买来的,是卖命令买
没有光,有迎面而来的血

死者还在等待
与宽恕接壤——

2011

写出：深埋

他们的死，收获
你的词，这不在

拿走你掰碎的
应它应许的

这在，抵达这些词
从被搁浅的人走出来

从一本书走出来
从未从你来——

2011

渴望的脸没有回来

一个竖起来的坟墓
停止了张望

在两个海之间,一个无法安置的词
让缺席成为可见

每一棵树下埋着一个母亲
捍卫痛苦

你的死向着它
从这片诗歌的次生林

已可以直接返回前进的词语

2018

在哪片叶子上修行

放心,放下心
孤独,只剩日月

此生太短

良心写满字
要清白,就要空白

此生太长

2018

忘怀的风景被洞穿

在多重羽毛的打扮中
你的头发是绾成髻的玫瑰

动物园内所有的眼睛都张开了
我对你说过的话,从那里传回

我的信将带着爪子追赶
那孤独所治愈的

摆脱了我,你才是火
未变心的星吻你,为反对自己

我们目光中隐藏的天空
像是梦的感谢

成为晴朗日子里的一点收藏

2018

青草青青

草间显出石缘
也缘也青

老神走进新神
为确立草

新草又陌生,又平静
让原因成长

长出新语言——新的无言

2019

起念的初起

心灵无事
一想,就偏离

想大事情
有死,但无终极

家,只是路过
人生已延误了你

穷到只剩词
写下必历的

心碎而人宁

2019

在同一个梦里划桨

在痛苦的最根本处
搁放你的锚

银河系的每一粒珍珠都在唱:
一个地球,只剩无求

一杯水留给大海
神低了

在不通向任何地方的地方
生命倾向直译

让译者死,让死者启航

2020

无语词语

深处无求,极亮处无光,无灯而有影,未见空无

是无不是空,邀你前往非写作即不能抵达之地

诗歌即进入词语,在人间寻找人间

无方向即无边际,迷失即谜底
且把说者一直在说而从未说出的称为途中

寓言一直就是恶的异化,善仅源于权力的自虐

虚无是具体的——刀光剑影

心不是肉长的,创造它
以此分辨出星辰以外的家园

每一粒沙子匹配一个神话,遗忘已是我们共同的遗产

你写,你活着,离开了苦难,你什么都不是

惟抵达你所不是,陌生处才会收养

没有不存在的,说出即在,在而不能触及,跟随它

你写而你不配有目的,你出声亦被无声追赶

从这不可言说,无知来自已知
尚未保留从来,词语仅毁于准备

挖开你的沉默,无词并非无效,其间有智力的崩溃

在功夫之上,爱从未进步,不朽则意味着诅咒

用尽这耗尽,这虚度的虚无
谜自语,空白自语,被动者得其词

说事物——那说者,即说词语之所说

在无梦的水平上,无为已顺应了纹理
但在无用之上,词拒绝无词

重写是写作,重复这极少,少,因克制
词向前紧缩,缩写这重写

悖论允许矛盾调查,惟奇词解洞察之动机

在自主的无言里,不解沉默,存于无解

笔迹已类似森林，在主的无言里继续言语

当下可以被留驻——不在时间里

从无声抽象出召唤，超越已是相遇

晚期是对早期的确认，成就迷宫
源头仍在词内，劫获刹那

空处确立来处，道出已是去处，高处仍在原处

从生之值得，死者仍用生者的语言沉默

没有最后的，这流程，从起与止，止于开始

无法停留，已是离开，一直在离，已是出发

你就是你之所失，剩下的是词，它开花

死即无时，尽头无死，立命处，到死为真

祈祷，但换了主，念，念——流传……

2020

穿过烛,跟上星,带着疼

你在针尖上走
读出相遇

读出阴影的拥抱
退隐的山河,福音的内涵

未完成的天空
要你承担这寂静

这心理的总量,声音的原野
沉默大地嗓音中的白杨

越过岁月大面积的钟声
一只鹤从回声归来

你留在这里干什么,你离开干什么

2021

在埋你的坡前停下

文本的引力场,这个坡
是被你唱出来的

从对话,对彼此的你
让会哭的词不哭

未完成的沉默,一面丝织的墙
保持燃尽的邀请

——赤身进入现代

2021

拆词

拆开词的一半
前世界眨眼,全视域地

读出最初的那个词
——无家

读窄域,这说尽的生成
律动的山峦,战栗的法典

空白,翻江倒海

2021

在永不——的深处

回答你是谁
谁是自己,又是谁在问

一个词已载着镣铐起飞
是谁跟上了一道越狱的影子

从这痛楚的代谢
无我,那么是谁

从出生——这移位
是谁在催促

要心脏列车里悲怆的孩子跟上

2021

向晚的光向你来

一个尽头敞开了
天空后面的天空

同样的光,不同的世界
死亡与终极敞开不同的方向

无人已是一种境界
从这近神的暗

死不是谜,是必死
只搭乘最初的那个词:无家

为凝神未成年风景的前景

2021

额上的土地

头，这顶，打不开
盛装的废墟

欢乐尘埃已知自身的权力
——活这流逝

这有限的无
仍是最低限度的生

这轮回的伦理
道出已是折磨：

败坏乃败坏之母

2021

说这说尽的

情感愚蠢的激流
说不出要命的

用力,因无力
挣扎,并未触动疯狂

诗歌的沉寂
没有更新的尘埃

在形而下的漩涡里
痕迹更重要

痛苦,是对生活持久的辨认

2021

读蔚蓝树干上的云

触摸吧
你的空虚,触不到虚无

词语的晚期生长
长成为无趣

里面有一种羞耻的规模
不断扩展为篇章

这就是你之所负
——你的灵魂是抢来的

只用一只翅膀飞行

2021

意义

还在搜索图书馆内的灵魂,一如你
仍在寻找这城市会害臊的器官

从这被理性抽空的寂静
没有田地的人,还在讨论语言

没有作为燃料的意义
就没有灰烬

词语的秘密被词锁着
只积郁黑暗发酵的发作

讨论诗歌,就是讨论炸药

2021

上升的巨石世界，无光

逆光，向光
心是这样的

它蔑视权力
自我赋予自由

海竖起来了
万山千山舞蹈而来

对着光，校正光
这深渊般的明镜——眼中之眼

只捕捉要去灯塔的人

2022

词语从哪里来

这么多名字已在碑上
而无力把恩泽修复为遗容

一朵被解构的玫瑰
流放了人对神的注释

末期的萌芽——碎片
已是死对空缺的间离

在神的不言里言语
生之承诺

让永别的世界永在

2022

纸上无字

词藏于数,在演算词
数安于无数

在无语的尽头
拟人而无人

在无心地带
命名那无名

完美统治无物
心是写出来的

——无悔时光

2022